当我与人间相恋

宫睿男 著

北方文艺出版社

图书在版编目(CIP)数据

当我与人间相恋 / 宫睿男著. -- 哈尔滨：北方文艺出版社, 2020.5
ISBN 978-7-5317-4790-1

Ⅰ.①当… Ⅱ.①宫… Ⅲ.①诗集－中国－当代 Ⅳ.①I227

中国版本图书馆CIP数据核字(2020)第065050号

当我与人间相恋
DANG WO YU RENJIAN XIANGLIAN

作　　者 / 宫睿男	
责任编辑 / 王学刚	装帧设计 / 李晨
出版发行 / 北方文艺出版社	邮　　编 / 150008
出版电话 / （0451）85951921 85951915	经　　销 / 新华书店
地　　址 / 哈尔滨市南岗区宣庆小区1号楼	网　　址 / www.bfwy.com
印　　刷 / 哈尔滨报达印务股份有限公司	开　　本 / 889mm×1194mm　1/32
字　　数 / 125千	印　　张 / 6.375
版　　次 / 2020年5月第1版	印　　次 / 2020年5月第1次印刷
书　　号 / ISBN 978-7-5317-4790-1	定　　价 / 45.00元

献给我的父亲母亲
以及为我的人生留下过爱与温暖的人

愿眼中世界色彩斑斓，
想心中世界简简单单。

- 1 诗里漂泊
- 65 诗里放歌
- 127 心思成韵
- 143 春风恋雨
- 153 情续夏歌
- 165 风临秋杪
- 175 雪盖枫林
- 187 *Melodic love*

若来不及把日子过成歌，
不如就去感受人间烟火。

诗里漂泊

夜色中闪烁的光不会将月色的美好隐藏
喧嚷的人群也掩盖不了灵魂孤单的模样

闲感生活

年少时漂泊远方
仗着一身自由
把勇气当金戈铁马
以为天涯处处，遍地荣华
不想青葱岁月会刹时远去
旧人旧事已成散落的流沙
回忆难抓

如今时光渐渐加速
未来有了越来越多的弯路
偶尔享受一下音乐的乐趣
琴声中也难免透着忙碌

疲惫的时候我总会失忆
忘了生活本该慢一些
岁月的恬淡不过如此
一沓书本一盏灯
一轮明月一壶茶

品乡愁

——悼念余光中先生
　　愿余老天上归家，解了乡愁

小时候，我不懂乡愁
那时还未离家，只知乡愁是一个字眼
在你诗里透着浅浅的忧
长大后，离开了家乡
分别的时间不久，不曾体味思乡
以为置身异国只是短暂的远游
后来，我错失了亲人
乡愁成了无尽的思念
在我的脑海中日夜漂流
如今，我别了祖国六七载
心还留在故土，故人却已不在
奈何时光不会卷土重来
乡愁让我忆起冬天家乡的雪路
被车轮勾画出黑土地的印记
过年时喧闹的大清早
在晨雾中炸开一轮新的惊和喜
还有那清风夏日，灿星明月
轮回的鲜明四季
宣告着我与往昔岁月的诀别
这时我才读懂了你
读懂了乡愁里无尽的呼唤和无奈的别离

我如此平凡

我是如此的平凡
平凡得还不如一朵野花
既没有可以装点春天的娇艳
也没坚强到能抵住暴雨的摧残

我是如此的平凡
平凡得还不如一片叶子
既不能为失意的人们带来一片新绿
也无法四季不变地守在你的窗檐

也许我一辈子不会有丰功伟绩
也许我终将死在梦想的边缘
也许我的灵魂会随生命熄灭
也许我的诗篇会被风碾碎成尘

可我有一双平凡的眼睛
视力不算太好
倒也足以欣赏这缤纷的人间
我尤其看得清
向我走近的善意的笑脸

我有两只平凡的双臂
可以抱紧想和我依偎的人

那双平凡的手
虽然抚不平岁月的皱纹
却可以抚去你眼角的泪痕
我还有平凡的双腿，双足
可以让我走近山川峡谷
也能让我跷脚眺望想要寻找的人

我是如此平凡
平凡到未被赋予家国大任
不用心怀天下
我可以用一颗完整的心
交付一生，爱一个人

我不求名垂千古
只想做自己想做的事
爱自己所爱
为自己做人
当岁月堆砌了往事
我可以笑着回首
不用为任何一场错过
抱憾终身

新年新事从何起，烟花凌空提笔。
心绪千丝万缕，琴音难记叙。
未见雪舞风中，却留寒霜一地。
烟雨缭绕欲比情丝，谁更缠绵怎可知？
心落红尘追往事，又盼来日。
故人难忘，常念旧时，
几番等待泪流后，厌了相思。
曾盼得一人相识，同游神州，
闻风吹绿岸，镌刻江山美意。
而今只愿留得一梦，日繁清雅，忘忧天涯。

最初的午初

没有睡醒的人们在潮湿的马路上哈欠连天
呼出的气体连着烟雾覆盖了冬天的山脉
没有玩具的孩子闹翻了整个早餐桌
家长奴隶般地讨好
服务员向生存低头
农民们又该叹气了
旁观的人们用外语交谈
你看那教育多蠢
你看那小孩多烦
你看这坏天气封了玩具店
现世那么聒噪
我们只想和所爱的人一起去桃花源

零点的午夜没有钟声敲响
这一天就被留住了
时间停在了清晨的烟雨里
时间停在了午饭的羹汤里
时间停在了爱人相携的手心里
我们活在时间里
我在行走时想你
在听雨时想你

破烂的巴士车超载行人

公路被车轮压过的那一寸，满载灵魂
许多生灵在城市和乡镇中辗转
活着的人都成了南飞的大雁
准备死后再做冬眠的动物

商人想在金袋子里装满银圆
每一个小孩都愿用甜蜜的食品蛀坏牙齿一次
不小心降生在新时代的人换上了旧时的衣服
青春年少的人们乘坐交通工具
只恨不能用光速去追赶爱人

没来得及说完遗言的老人睡去了
尸体冰封在烈焰般刺人的冬天
当老一辈都不在了，新一代还没哺育出来
没有情爱的人们就没有思念
世界将充满千千万万次缅怀

不想老去的孩子走过了岁末
心声连篇累牍
二〇一四的一月有太多话还没讲
话匣先在这里合上吧

新年致辞

书里的故事总是有悲有喜
有人间惨剧也有人心暖意
我想看完污浊再对镜梳妆
把自己打扮成美丽的样子
把拂去尘埃的微笑送给你
在晨光里读书,在黑夜里写诗
我想把祝福藏在诗里,送给你

新年落雪白
年味浸楼台
快意歌满载
乐从曲中来
万千祝福在
事事吉祥开
如梦佳期至
意中人入怀

新年祝语

新春新日,十分忙乱
手机里蹦出的消息,像爆竹阵阵
炸醒了大年初一的清晨
大洋彼岸的我,赶着求学
来不及把贺词与亲友互换
收到了许多群发的祝福
虽然简单,但包含了许多陌生的心意
也标志着常被记忆遗漏的一面之缘
吉祥的话年年说
成语被用得滚瓜烂熟
似乎就显得少了点诚意
我想把新年祝语讲得再脱俗一些
愿你身在远方,仍能尝到饭香
若你身在故乡,有人相伴身旁
当你云游八方,坚守初心不忘
一生幸福安康,生命如歌悠长

迈过九十九层阶梯，矗立大殿之前，
文武百官都散去，谁人威仪。
穿过雕花繁丽的长廊，走在皇城之上，
命中爱人无情义，心里桃花泣。
越过不明几尺的宫墙，探群山雾里藏，
千古风云雨中翻，长泪江中淌。
时空穿梭无留意，真心何处寄，
春光已尽，杨柳不曾为黄莺留下一点翠绿。
守冬万年青。

思满静夜

我总是错过明媚的早晨
因为迷恋这静谧的夜深
然而我从不懊悔
我爱赏完夜空再相约梦里的人
晨光中,清云抖落出清脆的啼叫
夜色里,繁杂的世间鸦雀无声
在我体内深藏的理想
爱着夜晚,爱在月下倾泻琴声
文思和智慧也常来到夜里
告诉我,你已不是白天的庸人

盼望起航也盼望返航

我在黄昏时分驶在海上
看鸟儿在天空跳完一场群舞
在橘色的幕布里收场
远处人间灯火
在饮尽了黄昏以后
又还了海面一片昏黄
我喜欢人生一次又一次的起航
每一次扬帆都能扬起新的希望
可当我沉醉于海上的风景
看着辽远的星火
总是能想起
码头上,有人等我返航

如果青春

如果我的青春再来一回
我还是会爱这如画河山
爱壮阔的美,也爱荒凉的美
我还是会去欣赏月色
凝望夜空被星星点缀

如果我的青春重来一回
我还是会爱上我爱过的人
会被闪光的智慧折服
会被温热的善良融化
会被锋芒毕露的才华刺到心碎

如果我的青春有去无回
我不会惊诧于我历经的憔悴
起伏的世界总是映着那绮丽的波澜
若有几丝细纹漫上了我的眼角
我不如为此添上几滴盈眶的热泪

如果我的青春一去不回
我不会执着于美好的过去
吃多了甜蜜的糖舌头也会甜得发涩
我只会记住那恰到好处的滋味
不再让往昔牵引我的味蕾

其实青春可以在生命里来来回回
可以疯狂生长
可以瞬间枯萎
心灵是它的环境
将它栽培
若我老了
就给心灵一方沃土
让青春透过衰老的躯壳
绽开真善美

一个人的日子过久了

我时常被隐形的武器刺伤
那感觉像是被拦腰斩断
叫人一时不知该如何苟且

在看不见星光的夜里
我想沉浸在不被打扰的梦乡
倚着高悬的月亮
惬意摇晃

我需要一种特效药
用大剂量的温情和温柔做配方
让我寒凉的躯体恢复常温

我用了一连串的畅想安抚自己
——数过对我宠爱有加的人的名字
可想念让呼吸又急促了一点

一个人疼久了
我开始不再期待有人爱我
这世上爱有爱的誓言
痛有痛的诗篇

杂念也是一种思想

在傍晚,我和她边吃饭,边聊着平淡人间
然后散步,逛商店,翻看书页
我最爱漂亮的图画,和诗歌的语言
无论多么疼痛的感念
在诗里都美得动人心弦

历经两个星期的羸弱
我终于在今夜好了一点
所以我不想睡去
我怕明天不会是幸福的一天

其实啊
病痛颓废难过挣扎都是平凡的形态
在人的一生中循环往复
在不安的日子里
情绪就是一种内在的展览
像大型美术馆陈列各种流派的画作
我知道我不会永远只停在一个展区
可是我审美太过狭窄
总偏爱让我快乐的那一种风格

没人保护的日子里
我总要自学勇敢,观察思考
并做下学习笔记,持续复习
生活总有突如其来的考试
令人无法作弊

若我的灵魂被关押在低沉的牢狱
那就静静等待刑满释放的日期
我知道
哪怕我的心灵是一片花园
也要记得常常浇水,除杂
美丽不是一种天意
而是一种辛勤,一种努力

我的生活理想

现在的我想去伦敦，在富丽又有序的城市学习多样的文化，感受人世的浮沉；还想回到祖国，在中国味浓郁的北京或者江南小镇，汲取家国千年的养分。

如果我一直单身，到了中年，我想生活在南法小镇圣保罗德旺斯，开一家艺术品小店，每天画画，弹琴，去教堂唱诗班唱歌，写书记录生活的曼妙和往来的人。

若是结了婚，我想生活在英国海滨城市布莱顿，在阳光下凝视我闪光的爱人，在傍晚携家带口看海上的黄昏。

当我老了，我想生活在荷兰羊角村，每天沿河漫步，看着花花草草在四季里衰老又重生，回忆我青春时向往美好的样子，然后在美好的地方了结我这被诗意填满的一生。

我想融于蓝天,也想融进风景
或者溶于画作,再或是溶化你

远处是太湖水域
眼前是心上的你

遇见你的那天,是晴天
天空微蓝似海面,云朵轻如棉

在立夏以后
才开始去寻找
春日的美好

那些没有发布的照片
是还未被告白的夏天

童真宛如一场梦
如若消逝我心空

I'm in love
with this world

不是每一个海岛的风
都能为人吹来彩虹色的梦

致浪屿无尽的温柔
让人想在此停留
看起伏的浪把时光推得悠久

有晴日蓝天浮云
天鹅水中浮羽
我衣裙浮在风里
心浮向你

海岛梦游记

今日我见了许多自然奇观
在这个美好的午后
晴天里飘起了绵柔的雨
琉璃色的水波轻吻白沙滩
海面荧光闪闪，镶嵌着许多碎钻
薄雾似新娘的白头纱，罩起青山
一道彩虹不知什么时候登场了
引起了多国友人的联谊和狂欢
那色彩斑斓的鱼群和海龟
请我去它们海洋深处的家里参观
潜水艇的圆窗之外
美丽的泡沫制造了短暂的梦幻
当游人纷纷回到甲板
又一道彩虹架在了海面上
天边挂着的双彩虹
也许是对我这单身姑娘的　种偿还

游威尼斯

昨夜月牙美
灯火在水面破碎
威尼斯两岸游人举杯
缘分天使将会让你爱上谁

昨夜乐声美
浪漫琴曲引人醉
情人手中拿着红玫瑰
迷失水城街巷身边有人陪

今日薄雾美
天空低矮云低垂
贡多拉船摇清风微微
离开以后我将思念这河水

路上惊喜

希腊,圣托里尼岛屿遍布蓝白色彩
夕阳亲吻爱琴海,仿佛天和水相爱
旅行,总是充满惊喜也充满了意外
像爱情,总在未曾预料中突然到来

游里斯本马车博物馆

静观辕马金轩车
壁上油画棚上雕刻
思王城旧日繁华几许
终成历史遗风前朝的歌

告别伦敦

我打阳光下走来
我自风雨中离开
听过了伦敦夏日微风里的歌谣
还有泰晤士河畔大本钟的最后一次鸣响
我想和这城市依偎的时间能够再久一些
让我不舍的，不只那人那景那些年的回忆
还有那份让人对生活拥有执念的情怀

搭错车

在雨天的周末,我搭错了一班车
只好在漫长的路途中,欣赏乡间的景色
我看见牛羊漫步田野,船儿漂在小河
清清浅浅的水上,荡着几只天鹅
远处一群乌鸦起飞,落在黄色的草堆
铁轨被绿树包围,石子间青苔碧翠
阴沉的天和风里的寒好像没那么扰人了
虽然我还想品尝一丝英国夏日的余味
可这里初秋的样子也有动人的美

再别回忆岛

又要告别那片天空那片海
我还没看够这景色就要离开
这个岛屿将我最美的回忆承载
尽管这天气总是晴雨交加有阴霾
还未来得及相见的朋友请慢慢等我
我们必定会再次重逢于不久后的未来

游埃及

尼罗河水滋养埃及千年的文化
人面狮身的石像守护神秘金字塔
古人的智慧让文明的遗迹留下
可国度却再无昔日的繁华
开罗城边的苍穹卷进滚滚黄沙
商人骑着骆驼走在广袤的撒哈拉
红海的琉璃蓝色像有过人鱼的童话
我在船上等夕阳西下
盼多年后能有人陪我看海面升起弯弯的月牙

游纽约

纽约十点半
不夜城的夜晚
灯火通亮的楼宇包裹人心的缭乱
招牌隐蔽的小酒馆
没有叫卖的路边摊
流浪的人们躲在了哪一个角落吃晚餐
行人步伐的频繁
交通灯平凡地变换
这令人向往的城市汇聚了游人看不到的悲欢
车流缓慢的大街
人群喧闹又分散
看似快活的表情里藏不住孤单

登上摩天大楼望霓虹连缀成只有星星的宇宙，
这世界突然间那么空洞，
高处的人遥看地面却忘了近在咫尺的夜空。
衣衫褴褛的人们流落街头，
他们曾失了温柔，
又来不及等候，
只好孤身向繁华深处行走。
他乡的人远渡重洋来寻一份自由，
是生活的铜锈，
让人割舍被腐蚀的幸福换一份相守，谁懂。

博物馆

博物馆真是个神奇的地方
既能陈列家具雕塑和画像
又能收容精致美好与张狂
似乎遍地创想又满是虚妄

我是艺术品

我是一件艺术品
常年被摆放在一个叫作"家"的展馆里
偶尔被运送到世界各地
和其他新奇的创意陈列在一起

《当我与人间相恋》

相聚是离别的前奏,日后相思时我必回首,
昨日清茶代烈酒,杯杯情意浓。

这一场做了十二年的表演梦是如此漫长,
而我仍未醒来。

我心上堆的一层又一层的灰,
都是那些被磨成了粉末状的时光。

灵魂空寂的城市失掉了色彩,
哪怕天蓝云也白。

游洛杉矶县立艺术博物馆

阳光和闹钟叫醒疲惫的人
艺术,唤醒疲惫的灵魂

有一种美与疯狂被置于博物馆内存放
像被囚禁于别样的牢房

贩卖回忆

等以后我老了,我也开一家杂货店吧
把那些载着回忆的旧物卖一卖
把有故事的物件锁在玻璃橱窗里
然后把那些故事用漂亮的字迹写成一封封信
再把那些信纸放在一起,印成一本本书
让跟我一样老去的人追忆年轻的时光
也让年轻人造访古旧的记忆
雨天我会留住来店里避雨的人
看有没有人曾像我年少时一般痛苦又情深
若她能在我的店里化解心里的阴霾最好
若窗外的乌云散不去
我就给她弹一首彩虹之上
雨不停,天晚了,就送她一把伞
不在乎那把伞是否会被归还
我愿意让我的伞在外流浪
流浪到每一个需要温暖的地方
也许老去的我,还是一个人
但是不怕
孤独的人,也可以在生命的最后
为人充当最后一缕阳光

风来了，
将回忆吹起让它跟叶子一起飘落。
我走了，
就这样完成一个年少时对梦想的许诺。
还有多少时刻，
能让人从同窗的欢笑中走过。
想说的太多，
最后只能同友人把双手紧握。
这一首金秋的歌满载祝福可也将感伤挟裹，
我心中泛起留恋却不得不作别康河的水波。
再见了，英国小城的颜色和旧日的你我，
毕业快乐。

——作于本科毕业之季

失落的少年

明月光被偷走了
没关系,梦想早已化成繁星把前路照亮啦
行进时跌在岩上肩头留下了伤疤
一段蝴蝶的文身该开始在你身上起舞啦
这世间美妙的歌啊,历尽了青春的浩劫才活下
别担心啦,宇宙间那些秘密不影响花前月下
把眼泪还给天空吧,把心灵锁在春夏
秋天的叶了终将被雪覆盖,长眠的动物没空听人说话
请把牢骚埋在地下,生活中仍有天使向你传达
那些朴实无华的爱是一幅美好世界的风景画

还可独行

我关于爱情的梦想死在了他的目光里
于是我只能和关于艺术的梦想相依
若我关于艺术的梦想也将被现实毁灭
我该如何宽慰那颗被冷落的心
我是否该鼓起勇气,只身远行
忘记不会游泳的身躯,去海边问候鱼群
我是否该鼓起勇气,朝天飞去
忘记我没有双翼,坐热气球去触摸白云
过去我总是小心翼翼
小心对待生命,小心对待爱情
可我却一不小心,错过了夏天的蝉鸣
我还曾不小心,错过了极地的星
现在,我要向这多彩的世界致敬
带着虔诚、去探索、去追寻
纵使再没王子或骑士陪我走走停停
我也要在山谷里留下歌声,在雪里留下足印
在将要为后代书写的童话里,留下我姓名

岁月不惧

常有人说我看起来像十八九岁
可我知道我的面容不会凝固青春
总有一天我会变成一个老人
曾被人赞誉过的脸上爬满皱纹
也许还寂寞清冷孑然一身
我兴许会叹息美丽往事不复存
可我并不惧怕岁月赐予生命的折痕
我会带着记忆里层层叠叠的美好
还有心灵深处对至美无限的追寻
延续我命里自带的忧愁与浪漫
做一个拥有孤独灵魂的女诗人

喜欢演戏的孩子都有难言的过往，
镜头前的笑容深处是道不尽的悲伤。
我们历经不同寻常的成长，
在心碎又愈合的循环中渐渐学会伪装。
我们都有一颗卑微的心脏，
在跳动中迸发坚强。
被生活强加的情绪无处释放，
活在戏里才敢大哭一场。
只有换掉枷锁般的现实衣裳，
忘掉自己才可以笑得欢畅。

感 悟

我看见流云飘过去
忆起旧日风霜雪雨
习惯的那些坏天气
都成风景

我想这青春会老去
人生充满了离散相遇
历经的那些笑容泪滴
都是足迹

我想带着梦和温暖活下去
心在路上一直前行
抛开旁人的那些怀疑
做自己

我想这生命有旨意
有些幸福和苦难是天注定
即使有无形的线操控我身体
也要追寻

与梦重逢

夜色多辽阔
千家万家闪灯火
伦敦街景我静静观摩
还没看够这城市就离开了

夜色多寂寞
阳光离去尽萧索
洛杉矶马路汽车穿梭
那迷路的梦和我又相逢了

晚间游街

想看夜景的我在月光下出没
看喷泉映着灯光交织飞起坠落
傍晚街道上有些花朵还笑着
黑暗中这世界仍有漂亮的颜色

寻 梦

抵达
作别故乡的秋天
在洛杉矶迎来又一个夏
梦被我反反复复播种
遗忘了季节
总盼着来年开花

追 问

城市的山顶
临近那屋顶
山林呼吸的声音
谁在屋檐底下听
蓝天碾碎了流云
天色静静等繁星
夜色扰乱星星的脚步
人间灯火闪不停
我为梦斟上的那杯酒
有谁举杯呼应
探寻美景的一路上
会遇见谁与我同行
身边一走而过的微笑里
谁曾动了真感情
生活终是一道道影
我一个人飞来飞去
像鹅毛一般轻

重获欣喜

我终于在看不清季节的苍白时光里
从节日的色彩中获取到了一些欣喜
像是被漫长的日头晒得干枯的心情
忽逢林间透着清甜空气的潇潇细雨

集体失眠

等爱的人失眠
等梦的人也失眠
大家都等着在夜里闭上眼
等着等着就等到了明天
夏日凌晨三点天光拂晓
人类对某种存在的渴望暂时枯竭
睡醒了以后便患上半日的失忆症
入夜后,再开始重新审视内心
生命旅程中的风啊雨啊都没有天气预报
哪怕每天穿着雨衣,也会遇上冰雹
失意迷茫的人我们来共饮一杯离愁酒
干了以后,便离了烦忧
人生似复杂迷宫,但总归有出口
一起寻路吧,我的朋友

整理内心

有时候我会很怀念曾经身负情伤的我
那时的我又深情又痴情，爱了就爱了
我会把他放在自己的眼里心里和梦里
会把他填入脑海幻想与他长长的未来

有时候我会很怀念曾经热爱生活的我
那时四季很多彩，岁岁年年都有期待
不怕花上几个小时做一盘蛋糕几道菜
时光被用来挥霍，被派遣给幸福安乐

有时候我会很怀念曾经忠于梦想的我
那时我热爱音乐舞蹈文学美术和景色
会在孤独里用各式的艺术将自己打磨
想环游世界，把日子过得如诗又如歌

不知从何时开始我心上的伤口没能再愈合
也不知是因为何事，我的梦想与我诀别了
也许生命中有一段时光只为教人勇敢割舍
待学成清醒坚强和决断，淡泊从容和寂寞
再奔向广阔山野与江河，拾回更好的自我

文字来来回回打了好几行，
心语被反反复复删删减减不知想说的话到底是怎样，
虽早已走出迷茫但却摆脱不了忧伤，
深夜常在拽出诗句前拉出沉痛的过往。
灯下疲累的身体不愿面对星光，
眼眸仍想在明月里盼望，
我起起落落的思绪不是会被关注的实况，
无法鉴别的爱却会在我一生的时光中徜徉。

不眠之语

你看不到我在夜里深呼吸
更听不到头枕宁静时的哭泣
所有的压力与痛苦
始于我们之于对方的爱意
再没有心底的嚎歌
也无陶醉地抚琴
等待释放的肢体舞动
已成为日光下匆忙的步履
唯有纸上虚无的图案
和敷衍的言语
成为通往幸福的光明

我不敢对你抱有期许
那许诺就如漂泊的风雨
忽而风止
转瞬雨临
希望有如泡沫
携带五彩斑斓的幻想
但命运只是径自破灭
或辗转成抓不住的液体
我需要一盏不息的明灯
陪我百转千回

夜 语

夜里思绪混乱
不知不觉中,
我理到了天明
灵感随着朝阳冉冉升起
此刻,我不知道该落笔还是沉睡
是用今日的时光去纪念从前
还是把梦境还给昨天

静夜空

深夜，我回望我的过去
想一头扎在那段回忆里
把自己锁在那个岛屿
即便孤独和寂静贯穿素颜岁月
即便爱情永远像一把刀
我眷恋那旧日的气息
秋日四五点就黑了的天
漫长又干涩的冬夜
极少有雪
春花开了直接就是夏天
雨点一年四季扑面而来
像个黏人的孩子
那时我有梦有热血
对心中所爱有执念
断断续续的琴声里都是追寻
一个人走夜路时享受看星星
哪怕是在阴云密布的天气
也有个太阳活在我心里
如今我的床对着镜子
每天一醒来我就能看到自己
可镜子里的人
我不认识你
我又一次错过了那秋日的红叶

也错过了凉得让人清醒的风
深夜,我被某一种思念灌满灵魂
可如今我的心里空无一人

疲惫

春日的梦在夜里困了却还醒着
打开一罐像啤酒一样的冰可乐
气泡里微缩着人世的繁华落寞
我憔悴着迷惘着，自我感动着
孤独地畅饮着，不知怎样思索
沉醉于静谧之中忘了悲欢离合
我一个人漂久了，该要回家了
那久违的故乡里，有人想我吗
我一个人活累了，想要依靠了
心上的角落，有没有人想路过

旧日漂浮的歌，我忘了旋律了
回忆里的美好，我依稀还记得
深爱过的人啊，被浮尘掩盖了
那甜蜜的爱情，被青春埋葬了
我不再哭不再闹，大方地微笑
不再付出等待别人来给我回报
我不再受伤，不会再为人苦恼
委屈的时候告诉自己放手就好
我一个人就很好，谁都别打扰
除非你进了我心牢再也不想跑

惊 夜

夜雨隔着梦直接敲在了人心里
惊醒的人挂着泪,痛苦地喘息
有一个孩子还没过过童年就开始老去
她这一生过得很快,快到重复别离
人啊,该如何在暗得不见光的深夜找到一根稻草
承受这生命的重量,将人猛然拉起
如果可以,我希望我的人生甜到腐朽
拒绝一切心酸,拒绝一切不安
哪怕冗长平淡,也没有悲只有欢

观 海

海浪静候黄昏静静躺着
落日躲开海边悄悄落了
我知道有些人我会错过
只能看着花儿笑着沉默

天上飞机在航行，
不知为何失了踪影，
地上人们等到心碎也无从找寻。
地上建筑的屋顶，
容纳幸福的门庭，
一不小心毁人于无形。
可以哭泣的人流干眼泪也唤不醒逝者的眼睛，
苦难中人们在白日也不见光明。
让我们点亮千千万万支烛火，
温暖受伤的心灵，
祈福天下太平。
愿逝者安息，
生者安宁。

离 开

我带着梦想走来

带着收获离开

我知道智慧将乘船驶向学海

未曾预料会在心里种下一片爱

我带着希望走来

带着失望离开

纵使我把自己扮作娇艳的玫瑰

也未能坚实地长在你的胸怀

我带着爱意走来

带着不舍离开

即便往昔有那么多美好的存在

回忆却要在这片土地里深埋

我们一路走来

最终彼此离开

等一个人

我的心绪止不住
等一个人听我倾诉
这些年来历经的风雨
有太多故事需要讲述

我一个人走的路
呵护我的只有大树
漂泊在外途经的风景
有太多画面可以描述

我在这里摊开了我的灵魂
等你止步
我人生还有许多未知篇幅
等你阅读
我的青春在与你相遇之前
不会结束
我的生命在和你相守以后
才能谢幕

品尝过白日的孤独
品尝过黑夜的凄苦
若有个肩膀在我身旁
我怎么还会放声大哭

等一个人等一颗心
等一份爱等一份情
等一生快乐一生幸福
等一场拥有你的旅途

孤独的自由

有多少人卜居陆地
却想一脚踏进云里
如果我每个夏天都要圆一个碧海蓝天的梦
未来谁会陪我去未知的岛屿
我眷恋阳光水域
眷恋山林细雨
我眷恋年少的模样
和拥有爱情的过去
我把风景穿在身上
把无谓放进眼睛
把挚爱从习惯里抹去
把怀念锁在心底
此时
自由是孤独的唯一

晚安，
这世界，
纵然你那么冷漠，
我也要对你说。
只要我心存一丝温热，
一定会把你爱着，
像那千千万万朵雪花，
即使融化，
也会在南方飘落。
睡吧，我的人我的歌；
睡吧，被我思念的男孩与老者。
我会在即将到来的凌晨出发，
驶过风霜林立的草木，
在墓穴里埋葬燃烧的思念和苍茫辽远的记忆峰驼。

有些人走了，
爱还留在原地，
那些记忆里的温情，
像昨日的阳光一样和煦。
过去的点滴化作此时天上的雨，
悲伤一丝丝流淌在漂泊的风里。
我们用鲜花庆祝一个人的降临，
用鲜花馈赠一个人的生命，
还可以把鲜花洒遍坟冢，
祭奠一个人曾来过这人间的痕迹。
祈祷闭上双眼的人，
幸福快乐地活在我们终会相逢的世界里。

我想抽走你心底的万千忧愁，
让你眼里尽是我的万般笑容。

诗里放歌

人生最美不过诗情画意,沿途有你

颂母恩：献礼母亲节

忆
往昔
笑与泪
时光分秒
躯体和声音
空缺相伴美丽
千里足迹始于你
回首过去离别相聚
生活悲欢滋味都尝尽
切断了的脐带是根情绳
无形间拴住了你我两颗心
牵出我诞生后的第一份思念
囊括我幼年时对你难言的爱意
哪一世的缘分让我们在今生相遇
你是中华辽阔疆土中我的那片天地
大自然所有珍贵的矿物都不及你
感谢你给我机运看这世界千奇
不觉中已走过人生三分之一
当续写你为我起草的书卷
恳请岁月慢走你别老去
我只身一人为你献礼
为填满你孤独疆域
谱写含爱的歌曲
用动人的诗句
昭示你繁华
情刻心魂
母亲恩
此生
记

给母亲的三行情书：献礼母亲节

我尊爱这世界上所有的母亲像待你
正如你
怀上我的那一刻就开始怜爱全天下的孩童

我珍惜在这世间得到的每一份温情
只因为
来自于你的那颗善良的心在我身体里搏动

我探寻生命的美好不停止学习思考
为的是
不辜负你让我来到这世上一探究竟的初衷

我从你给的原点出发独自踏上远路
回看你
即便绕着这宇宙行驶一周你仍是我的圆心

我穿出我们的归属地那亚洲的家乡
才发现
梦幻的欧洲再具吸引力也比不过你的笑容

我伫立在脚下这片大不列颠的岛屿
心中有
一千一万句想你的话语难被我写进这诗里

我在艺术的天地为你建筑美的事物
答谢你
让我在这并不完美的人类种族里耳清目明

我想要回报曾寄居在你腹中的温暖
承诺你
像爱你一样爱生命像保护生命一样保护你

思 母

叹

经年

事千变

亲恩不变

母爱不常言

永存游子心田

纵使相隔千山远

仍可传信于万水间

把光阴做成一幅画卷

让你活在我记忆的笔尖

绘出你年轻时美丽的容颜

和人生路上与我的滴滴点点

感谢你耗尽青丝为我无私奉献

爱你是我这一生都写不完的诗篇

被母爱围绕的日子

加州的阳光轻抚太平洋的海面
微风穿过古树枝叶轻抚我的脸
周末的幸福不仅来自美景晴天
还因为我可爱的母亲在我身边

幸好你来到了人间
——写给母亲的生日诗

在你来到人间的那一刻
我的存在,就是上天将要洒下的缘
由此我不得不为你祝愿
只因我们的生命紧密相连

在我来到人间的那一刻
我还不懂得为你祝愿
一声啼哭就是万语千言
而我,在能够道出千言万语后
又不知该如何表述对你的爱恋

今夜一过,你的生命又翻开新的一页
我读着你用毕生心血为我留下的笔记
思索,沉默
不敢计算我们会共度多少个明天
我还没来得及与你同享岁月静好
便又要离你远去

光阴深处,你念着我,我想着你
在家中有着屋里屋外的距离
在家外相隔千里万里
分秒间你老去,我延续你的轨迹
去向比你给的世界更广阔的天地

扎下根来，再回头望你
把你从皑皑白雪中引来

我想带你去更好更温暖的地方
享春风和煦，听秋雨的旋律
夏梦中知了的鸣声助你睡得安甜
冬日，我在屋子里为你沏上热茶
给你摊开这一生我给你写下的诗歌
读我在年少时说爱你
读我在琴声中说爱你
读我在你耳边说爱你

陪母亲

带你看完阳光的印记
再陪你看雨滴
带你数过天上的星星
再陪你看月影

记忆倒退，时光向前，
长长书卷缓缓铺回那些年。
我的青春，你的笑脸，
漫漫岁月渐渐封存你伴我写下的诗篇。
你的心田，爱的山巅，
你不惑之年仍有满载星光的双眼。
你的身言，善的起点，
我美好的心成长于你筑的桃花源。
父亲，我爱你从前生到今世，
愿你健康安乐，做个自由的文艺老青年。

——写在父亲节

我爱你祖国

我爱你祖国
爱你的群山与江河
塞外茫茫的草原流云飘过
成群的牛羊伴着一曲牧歌

我爱你祖国
爱你婉约又豪迈的风格
江南朦胧的烟雨落在诗里
宣纸上大气走笔书写北方的辽阔

我爱你祖国
爱你千年的历史和传说
纵使你历经大风大浪
也会把过往凝成动人的烟波

我爱你祖国
我想做你永不凋零的花朵
祖先传下的文化形成了我的脉搏
我思念你的怀抱也仍要为你漂泊

我爱你祖国
我的心因你而炽热
我想告诉世界你有那耀眼的红色
为你摇旗呐喊增添你气势的磅礴

致伟大的灵魂

我对科学知之甚少
对时尚的鉴赏力也不高
但我知道天堂从此多了一份真理
也多了一份对美的创造力
我曾在电影院被霍金的故事感动得痛哭流涕
也曾对着纪梵希为赫本设计的华服垂涎欲滴
霍金让我意识到了时间的珍贵
纪梵希让我了解了美丽的金贵
所以我把时间献于自己的所爱
打磨自己，为的是让内心配得上美丽的外衣
此刻
我用我平凡的生命
为那些伟大的灵魂致敬

我长大了，依然活于童话

羽毛跌进草垛
叶子去和雪花相会了
风里飘着的柳絮都是棉花糖
月亮熄灯
太阳要洗去泥泞在晨间沐浴
无聊的小兔子钻进了动画片
告诉你一个秘密
我看得见很多别人看不见的东西
如果你也能看见
我就把我的故事讲给你
你也把你的故事讲给我

旋转木马

我乘着旋转木马旋舞
听欢快音乐一遍遍反复
我心仿佛飞到了远处
一瞬间走进了童话国度

世间那些纷争我都不在乎
只想让快乐在此刻停驻
忘掉过去历经的那些痛苦
静静地享受这短暂幸福

我希望人心能够没有杀戮
善良着正义着走光明大路
可以为爱情义无反顾
愿意为梦想踏上征途
遇到悲伤的人就放慢脚步
听一听黑暗中的那些哭诉
有谁在成长中不曾无助
谁的人生不是跌宕起伏

我乘坐旋转马车旋舞
任思绪在脑海不停重复
我心随马车停到原处
无奈又回到了现实国度

理想的家

我理想中的家最好有三层楼
要有唯美的卧室书房舞蹈房
有漂亮的花园阳台和落地窗
在客厅摆一台白色三角钢琴
陪心爱的人听着琴声看星光
还要两间儿童房一间玩具屋
屋里放一只超大号可爱公仔
在每个重要的日子堆满礼物
想在中式房间弹古筝练字画
在马卡龙色画室里创作童话
夏天在树荫下观赏满园的花
在花前月下亲吻着我爱的他
看着孩子们在家里跑上跑下
任由时钟日夜报着嘀嗒嘀嗒
厨房里传来美味佳肴的香气
让房子里的人们迷恋这个家
愿余生能在幸福里从容走过
用爱让岁月收起无情的爪牙

致未来的你

等你来了,我们就交换过去
从童年的回忆讲到如今
把彼此塞进各自的往事里
春天,风吹多久,我便爱你多久
爱到夏天的繁花开在人眼中
我也会为你盛放
秋天,落叶还在空中飘的时候
我会比叶子更先落在你的肩头
等到了更冷的冬天
我们就在雪地里紧紧相拥
四季以它们独有的姿态爱着这世界
我想以你最需要的方式去爱你

罐装爱情

我把满园春色装进了罐子里
把繁盛的夏天也装了进去
还封存了秋天枯萎的美丽
就等冬天来了

我要把我藏了好久的
冒着热气的爱意交给你
把手交给你
把心交给你
把我交给你

亲爱的,你可要拿好
罐装的爱情易碎
就连我也是一个玻璃制品

时间消逝在流水般的琴声中，
嘀嗒嘀嗒咚。
飘落的枫叶是林间的雨，
浸染出大地的红。
春夏的绿草弥留至冬季，
生机把严寒感动。
这岛屿的冬天是最迷惘的季节，
难以与众不同。
十二月的雪花被节日盼望，
人们等待现实变得像梦一样朦胧。
我想和心上人漫过四季，
看雾凇看冰融，
忘却前尘伤痛，
趁年少细品一次情浓。

景中诗

那晚天上海上有浓雾
我却还能将你看清楚
风一吹空气凉得彻骨

我静静地原地停驻
想星星月亮的去处
你悄悄握住我的手
没想到我竟没抵触
那掌心透过的温度

于是我开始习惯你的保护
你价值连城的心我也贪图
还迷失在了你眼里的温柔

我在心里为你写了封情书
它的内容被藏在了黑暗中
也许未来某天你突然会懂

我们之间只能就这样
还没开始就结束
不能等相思成痛
再纠结离开或是挽留

过往回忆都像在梦中

看过的风景都在诗中
而你的样子在我心中

最美的回忆
——致飞到我心里的你

湖光山色多迤逦
城堡夜色多美丽
回忆里最美的不是沿途风景
而是陪我踏上旅途的你

不管明天会有山洪暴雨
还是人间会如火海地狱
我只想此刻和你在一起
把日子变成美妙的歌曲

我想和你欣赏阳光海域
望远山飞鸟和水里游鱼
这世界引人入胜的地方
都想和你牵手一同前去

学

人这一生要学很多东西
学走路,学说话
学自己穿衣吃饭
学书本上的文字
学文字里的世界
学着与他人共处
学处理人际关系
学着分享欢乐
学着面对孤独
学着解决困难
学着享受美好
学迎接未知的一切
学会改变,也学会接纳

才刚学会做一个孤独的人
就要改学经营两个人的世界
学会勇敢,学会信任
放下自己的武器,交由你保护
学欣赏你的优点
学改变我的缺点
学把生气容忍变为淡然接纳
学着享受陪伴,也学享受自由
学做自己,学你
学着给你越来越好的我

学以你需要的方式爱你
学着学着就老了

老了以后
我想把学过的东西再学一遍
学着跟你互相搀扶
学着对你叮咛嘱咐
学着为你穿衣喂你吃饭
读书本上的文字
温习文字里的世界
温习为你写过的文字里
我对你炽热的爱恋

想你时放了一颗甜甜的糖在嘴里
甜蜜的程度也不及你吻我的十分之一

哪怕在你身旁呆坐着沉默不语
心里也在讲着有关爱你的句子

我的心上有一把锁
只有你这把钥匙能开了

与你相爱不过几十天
你却像在我心里住了好几年

爱情熄了以后

当我和他在一起
爱情像冬日的柴火
被烧得很旺很旺
焐热了我的一整颗心

当爱情熄灭
心里的那一丝余热
也许依然足够温暖我的下半生
拥有过他真好

我穿着少女的衣装
揣着比过去成熟了许多的灵魂
误入了一条小吃街
那里有火参果,椰子冻,牛轧糖
冒烟的冰淇淋,各式海鲜,炸香肠
卖臭豆腐的小哥说要多给我几块
零食店里的小姐姐
把所有小吃都拿给我品尝
没有了他
这世界还是那么爱我

此刻
我坐在二十六楼的高层餐厅
看桌对面刚吃完甜点的母亲

读着有趣的文章，掩不住笑

窗外
游船驶在淡绿色的鹭江水
对岸鼓浪屿的红房顶
把阴天点缀得很美

没有爱情
我还有美食、美景、美文
远方的朋友等着与我欢聚
我已不再是容易肝肠寸断的年纪
没有时间再为爱伤神

爱情愿景

我找男朋友从来不找富二代
我不喜欢看着对方坐享其成
使用金砖堆起来的梯子
往更高处攀爬
我怕对方千金散尽不复来
一蹶不振坠深渊
我喜欢敢闯敢拼的年轻人
我喜欢看人顶着智慧闪闪发光
男青年奋斗的样子最迷人了
但是因为失去了你
我开始想去找一个富二代了
这样我就不用看着他日夜工作
心就不用为他一阵阵地疼
我就可以跟他周游世界
不用独自一人看风景
一边给他发照片一边说想念
也不用他去担忧
要付出多少努力才能娶我回家
和富二代在一起
大概生活不会被柴米油盐牵绊
吵了架他住楼上我住楼下
互不干扰不将矛盾激化
雇一个保姆打理家
我就带着孩子，在院子里赏花

可想来又想去，我还是不喜欢富二代

我不喜欢什么豪车名表
不喜欢穿金戴银
把孩子丢进私立学校吃住
请一群好老师照看着
还要我这个当妈的何干

我想每天醒来在有你的枕边
我们共居一室，房子不用太大
隔着墙也听得到你琴声阵阵
在天黑以后打开窗
我就在晚风中为你歌唱
一起带着小孩读书写字
不求孩子多优秀，快乐就好
如果我们很穷，那就移居非洲
每天骑马逛草原
看着成群的牛羊
喂养你心爱的长颈鹿
哪怕不远处有硝烟战火
我也和你紧紧依偎在一起

我知道贫穷的日子好难
可富贵有富贵的烦扰
贫穷有贫穷的简单
我看过了

一个很漂亮的
像公主王冠一样的戒指
只要二十多美金
会生锈的戒指也是一种纪念
我不用你花下毕生积蓄买下钻石
我只要你对我一辈子的爱恋
我找男朋友从来不找富二代
我不喜欢看着对方坐享其成
使用金砖堆起来的梯子
往更高处攀爬
我怕对方千金散尽不复来
一蹶不振坠深渊
我喜欢敢闯敢拼的年轻人
我喜欢看人顶着智慧闪闪发光
男青年奋斗的样子最迷人了
但是因为失去了你
我开始想去找一个富二代了
这样我就不用看着他日夜工作
心就不用为他一阵阵地疼
我就可以跟他周游世界
不用独自一人看风景
一边给他发照片一边说想念
也不用他去担忧
要付出多少努力才能娶我回家
和富二代在一起
大概生活不会被柴米油盐牵绊

吵了架他住楼上我住楼下
互不干扰不将矛盾激化
雇一个保姆打理家
我就带着孩子，在院子里赏花
可想来又想去，我还是不喜欢富二代
我不喜欢什么豪车名表
不喜欢穿金戴银
把孩子丢进私立学校吃住
请一群好老师照看着
还要我这个当妈的何干

我想每天醒来在有你的枕边
我们共居一室，房子不用太大
隔着墙也听得到你琴声阵阵
在天黑以后打开窗
我就在晚风中为你歌唱
一起带着小孩读书写字
不求孩子多优秀，快乐就好
如果我们很穷，那就移居非洲
每天骑马逛草原
看着成群的牛羊
喂养你心爱的长颈鹿
哪怕不远处有硝烟战火
我也和你紧紧依偎在一起

我知道贫穷的日子好难

可富贵有富贵的烦扰
贫穷有贫穷的简单
我看过了
一个很漂亮的
像公主王冠一样的戒指
只要二十多美金
会生锈的戒指也是一种纪念
我不用你花下毕生积蓄买下钻石
我只要你对我一辈子的爱恋

想做你的白月光

一只蚊子在我耳边嗡嗡作响
我嫌它聒噪
将它一掌拍死
于是
我粉色的床单上
有了一抹红色的蚊子血
此时我想到了
张爱玲的红玫瑰与白玫瑰
不知我老了以后
会不会成为我爱人床上的
一抹蚊子血
如果可以
我想一生都做白月光
照亮心上人的夜

用漫长的时光堆砌,
垒出一座爱情,
它是没有缝隙的水泥,
镶着镜子般的透明玻璃。
窗扉映着枝柳,
门闩锁住往昔,
周边的清水汇成,
比新茶还要香浓的诗意。
深情被搁进鸟笼,
再也飞不出痴迷,
陈年过后的这幢真爱,
会被推倒还是成遗迹。
在此居住的少女,
该踏上迷途还是等一颗心来此栖息。

想念浸满一个月,
思绪扰乱一个夜,
是谁悄无声息潜在了我世界。
书卷翻过这一页,
目光锁在那一叶,
上个秋天的落花枯在了记忆的荒野。
莺歌燕舞的季节,
青苔遍布的石阶,
是谁在我身旁和我把手相携。
字里行间的情深,
循环往复的关切,
我将全部的爱进献给心上的少年,
为一睹他笑容无邪。

星星照亮一个夜空，
你给我一个梦。
情诗的尾字是爱情的开头，
一个故事伴着一首曲终。
当我走在天涯的路口，
才发觉没有你的风景也可以美得让人动容。
你若在我身边这世界该有多美好，
可没有你我也能笑得轻松。
夜晚的风不总是凉得让人心痛，
月光暖暖的照着我胸口，
想你时依然有些心动。

望穿你眼中的黑夜，
触到了浮在水上的星。
满世界的江河湖海，
都汇成了你大气的柔情。
你眉宇间的方寸土地，
播下了我年少时梦里的种子，
引我时时盼着花朵，
等待下一季收割。
你唇际舒卷云天，
有稀疏的虹彩零星的雨，
有时风平浪静，
有时笑意难明。
你的面上不见惊雷，
我心里却鼓乐难停。

记忆的船只那么微妙，
可以溯回康河，
停靠在青青岸边将你的足迹寻找；
可以穿过塔桥，
陪伴寒风中倒映在水面的灯影一同飘摇。
我记得站在你身边时那油轮途经的每一处风景都美得让人心跳，
可如今伦敦的夜晚再闪耀，
没有你的航程也让人感觉这一切都静悄悄。
你是载着我永不沉没的木筏，
也是能将我掀翻的惊涛。

心里的雨一直为你淅淅沥沥，
你的天空却没分给我一丝烟云。
你曾为我留下孤灯一盏，
我却一直等待变成你的月明。
这灰白的湿季夕阳什么时候会照到楼台，
山林里玄妙的琴音何时能被你路过聆听。
我在高塔之上站成昨日的少女，
仿佛会因大地的遥远被苍天赋予真情，
眼下的风景梦幻如迷如你。

春暖燕归,
赤夏花开,
秋冬谁会来?
你,一年四季于我心上徘徊。
秋风吹尽,
冬雪消白,
美好何处在?
我,驻守门外等你心房打开。
你是光辉你是时代你是我年轮的一圈是恒久的存在。
你是星辰你是童话你是梦境的甜蜜是幸福的到来。
你在我世界里厚重如天地,
因而我有了如此爱你的广袤心怀。

错过的那场日出，
不怪晨雾，
是上天对有心人的一场辜负。
无可挽救的情缘，
不会因为一首歌而回到原点，
再深的爱意也敌不过命中注定的孤独。
当坚强的心面对冷酷，那苍白的浪漫，
会在华美的四季失去了用途。
我不想认输，
可当窒息感叨扰安心的梦，
温柔无踪，
活于现实的人只能在夜里哭。

我想要一场长长的爱情可人心禁不住时间嘀嗒地转,
阔别一月我归来你却登上了去往自由大海的独行的船。
大概我的温柔不能满足你想要的浪漫,
也许你早已把我当作旧爱想去寻一个新欢。
过去总在伤痛里和你将断未断因为遗忘太难,
这一次我想要决断只因你让我哭得太惨而我的眼泪早已流干。
就这样吧,好聚好散。

这一季不飞花不飞雪唯有细雨绵绵，
这一年心不止情不倦恰如流水涓涓。
这一生谁把我画像收入书笺，
这一夜谁把我相思遗落在廊前。
谁陪那伤心燕在泠泠风里盘旋，
谁陪我观满天星宿在月下荡秋千。
我放下手中的书卷拈指抚琴弦，
奏一曲秦桑再叙断肠的诗篇。
回忆停泊岸边看往事飘远，
盼来世意寓山水间不问姻缘。

朝 暮

听惯了雨声,再看日光流动
叶子放歌在风里,鸟儿躲林中
习惯了寒冷,又和温暖相拥
一直爱着云和月,朝阳与晨钟

花和叶相恋,
云和风缠绵,
谁与我相恋缠绵奠定这一世的缘。
野花在青草丛斗艳,
向日葵笑看蓝天,
我走在风和日丽的乡野间品着回忆的甜。
童年的时光很慢总期待长大后与自由相见,
我一梦一醒一眨眼却发现竟已作别了好多年。
薰衣草圆了我一个紫色的心愿,
却不能了结心上人曾许下的诺言。

——记法国向日葵花田和薰衣草花田

来到威尼斯，
乘上贡多拉，
我摇摇摆摆在船上，
途经一户户水上的人家。
樵夫哼着小调，
游人戏着水鸭，
那一条条窄小的巷子和石拱桥，
浓缩一方水土的文化。
这五光十色的盛夏，
艳丽的不只有少女和鲜花。
玻璃岛上的工匠，
将灯饰打磨得如月色无暇。
有人活在彩色的岛屿，
在童话里续写童话。

——记威尼斯水城的彩色岛和玻璃岛

清晨的阳光照耀着童话般的玻璃房，
恩爱的老人坐在庭院里品味芬芳，
年轻的人们悠闲地走在山间路上，
把映入眼帘的景色放入记忆里珍藏。
美丽的日子又短暂又漫长，
旅行的心有时空旷有时对人间充满希望。
在我眼里那静谧的村庄，那古老的石墙，
那草木的清香和海天相映的透亮，
都是这岛屿还未被吟诵出的诗行。

——记英国怀特岛

我想躲到一个美丽的地方,
带着书和我的故事。
在每一个晴朗的日子里吃冰淇淋,
在微风徐徐的景色里画画。
在小教堂里听我歌声的回音,
在空旷的大厅跳舞续写文艺的生涯。
在静谧的午后把琴声传到窗外,
约善良的朋友慢悠悠地吃个下午茶。
在星空下的海滩依偎着爱人,
对他说诗一般的情话。

安睡吧，告诉自己。
梦载佳期，
明日的晨风等你睁眼后的第一个目光。
安睡吧，我的这颗心。
明日的天色无论布满晴空还是阴雨，
总有一些温暖等着你。
安睡吧，琴声与诗作。
明日依旧是你们青春的年华。
安睡吧，不忍睡去的人们。
睡或不睡你们都会在时光中老去，
不如一觉把旧日的回忆温习。

前有古人,赋诗康河。
后有来者,情融景色。
泛舟碧波,静谈诗歌,
倏忽百年,看石上雕刻不朽的文字,
遇诗者后代探寻血脉里流动的文字山河。
金柳在岸,新娘在畔,
我在如歌的今夏,伴着代代传颂的诗文,
 舞康桥的迷梦,致敬志摩子孙。
愿心中有情有画的人们每一次离别都伴有新的相逢。

——记剑桥徐志摩诗歌节

二月的晴空，
送走冬天的雨，
我也要在三月之前将亲人目送。
俯瞰城市的伦敦眼，
斜映着大本钟，
陪分针一起验证时间的滚动。
泰晤士河上的游船，
带起金色的波光，
闪烁着的还有身在异乡的学子的梦。
鸽子，那天空的舞者，
不只留恋金色的大门，
有时也在绿地徘徊，
或安静地伫立在喷泉池边，
模仿一尊庄严的雕像。

情人书

情人节浪漫气息散布在商店的橱窗
我一个人捧着玫瑰走在空旷街上
看恩爱的情侣笑容甜蜜的脸庞
会偶然忆起旧日爱情的模样
单身的我虽有快乐的时光
有时也想有人相伴一旁
情诗不知写了多少行
未知恋人他在何方
我的心一路流浪
等待被人珍藏
余下的岁月
彼此牵手
看夕阳
一生
望

回忆垒起墙围,
圈起旧日的美,
曾经拥有的美丽爱情在时光中悄悄地沉睡。
当爱破碎心也跟着坠毁,
爱过你的那份炽热我无法从别人身上找回。
一个人生活总是很累,
可没人使我流泪令我伤悲。
我一个人看落花,
一个人看流水,
一个人阅过四季在风景里沉醉。
相恋往事不堪疲惫但我心无悔,
愿来生再与君遇世代相陪。

我不想过祖国这新潮的节日，与其把打折的货品塞满购物车，不如去安抚一些孤独的人。我不想在意自己是在恋爱还是单身，年华是深情款款的书信，写给我自己也会写给将来的我们。我不想在这秋天渴望盛放的玫瑰，落叶也有花朵般娇羞的橙红，足以表达相思的吻。双十一，愿等待幸福的朋友早日遇见命中的爱人。

——写在双十一

感恩节心语

圣诞的灯火点亮了感恩节
仿佛在对热爱生活的人们道感谢
街边孩童的笑声渲染了夜
不曾留意黑暗角落里暗黑的一切
我看那黄灯绿树红蝴蝶结
构成了一个让人迷醉的童话世界
怎知那空气冷却灯光熄灭
美好的景象就消失在这漆黑的夜

除却眉梢一缕黛黑，
你浅浅眉色似柳叶的美，
何须日日晨起对镜描眉？
摘下朱红唇上一朵红蕊，
你淡淡桃色唇瓣比花开四月的妩媚，
何必轻启妆奁涂抹胭脂水？
你素面如雪粉颊胜雪中梅，
鬓边青丝绺绺如珠帘坠，
玉指纤纤拂袖起舞引彩蝶随。
庆伊生辰，赠言姊妹：
不畏迟暮不垂泪。
芳颜久驻千千岁，
萦梦佳期缓缓归。

————写在婷婷姐生日之际

还好，我在光阴深处遇见了你，
相见不晚，我一眼触及你经年叠加的美丽。
几次相聚，美好在生命中延展，我愿此生与你相惜。
难忘情谊温暖，
纵重逢无期的离别将拉长思念，
心底也不会泛起丝毫苦楚，
只因你为我流下的点滴甜如新蜜。
我必将铭刻你的痕迹，就让岁月执笔。
你是我在那水波之上的灯火中惊见的欢喜。

——写给宇婷姐

妙 遇
——写给相识六年的网友姐姐

秋季南方的风把梦吹起
北方的雪冻结故乡的回忆
我从西洋岛国回到祖国东土
问候久违的寒意,再将之逃避

这个时代的世界暗藏未知妙遇
现实中的人们总想探究虚拟
而我总在虚拟中探寻现实
像今天,与你幸福相约

向前走,
即便寂寞出现在你身后,
一个人的日子会有忧愁,
可阳光是上天给你的笑容。
别怕痛,
有些伤口愈合了就是永久,
给时间一个问候,让回忆填满情感的鸿沟。
爱是一种心动总让人把一段青春相送,
怨是一种惦念总为爱纠缠让心难以放松。
遗忘是场大雪终会将旧日的点滴冰冻,
甜蜜和苦涩都会凝在往日的天空。

得不到的爱人难解犹如诘屈聱牙的经卷，
可惜我不懂经文也没有信仰。
若宿业使至我今生必独行而孤终，
我愿秉承澡雪精神，
鬻艺为生，
卜居四海。
若心中无爱，
人生便似无可寻，
幸在留有一梦，
能让我以冰心侍前路，
即便长歌当哭，
生命之曲难谱，
也要坦然独奏，
让指尖落在琴弦时意表虔诚。

四季在风里来去,
景致陪伴了一代代人。
青春倏然飞过,
记忆的书页留下成长的折痕。
年轮偷偷把时光雕刻,
阅历在长者的脸庞生成皱纹。
诗者把岁月喻为长河,
又感叹流年只一瞬。
纵使一个数字能引出一段新故事,
旧日的美好也值得被好好封存。
等待去改变世界的梦想家,
若怀着一如既往的勇气活着,
请活出灵魂。

我依然对失去的至亲保有至深的思念
我依然对爱过的少年存有心底的留念
我依然对年少的自己抱有真心的怀念
我依然对远方的亲友含有持续的想念
我会努力对这个冷漠的世界多爱一点
我会争取为我的梦想多付出一些时间
我要成为这纷扰世间内心宁静的女子
我要拥有无法复制的人生做个追梦人

雪霁入空山，
林间晓风残。

心思成韵

记家父诗语
——改写家父创作的现代诗《沉香》

春草一夜生碧浪，
满树桃花欲弥香。
家父呢喃故乡语，
念起炊烟小荷塘。
千变流云似过往，
一睹旧日遍沧桑。
却道斯人曾年少，
不识岁月尽平常。

——作于 2016 年 4 月

家父原作：沉香

一夜间草绿了
转过身
桃花已绽放
仰望
流云变幻
就像青春在流浪

是我
呢喃了鸟叫的故乡
树下河塘
还有天边那泛白的碧浪
清煦
那炊烟乍起的山膀

拾起
丢失不掉的过往
转移视线模糊的沧桑
忆起曾经的我们
却在岁月如流的牵绊中
幻化成沉香

游园遇雨

返英前与兄长共游京城古迹,适逢暴雨,于国子监避之。遂作诗一首,以消遣时光。

云引雾雨落花中,
清池莲叶绿浓浓。
秋来风意何从尽,
皇城金瓦御铜钟。

——作于 2015 年 9 月

凉夏怀国

今日未出家门,开窗遭风袭。思去年夏日京城荷叶,翠意满园。欲度夏天,望归乡里。

夏暮烟轻雨水寒,
叶摇风里日光残。
念得国都山河暖,
意别康舟把家还。

——作于 2016 年 6 月

秋思吟

佳人深闺锁清秋,
琴诉离思心事流。
青叶落繁终飞散,
盼君归来解牵愁。

秋日游园

溪石亭畔秋满园,
游鱼欢畅风不眠。
佳人巧笑夺人眼,
好似仙女入凡间。

——写于 2019 年 11 月,与闺中密友颖小仙女结伴赏秋。

中秋离思

夜雨忽落万家窗,夏日已尽百花亡。
诗者咏叹秋风意,梢上青叶染红妆。
天上繁星伴孤月,地上离人伴凄凉。
情思隔岸何从寄,鱼雁断翅难再翔。
亲人四海相遥望,同见星月挂一方。
盼过月弯与月半,水中残影映泪光。
适逢十五中秋节,城中十里饭飘香。
此时月圆情难圆,良宵美景待同赏。
只怜天边故乡人,独酌杯酒叹离觞。

记友戴劲

凉秋袭人故戴巾,
黄粱枕边书带金。
整日弄琴歌待尽,
偶作诗文古代今。
吾得一友名戴劲,
才律卓然尤善音,
形如中古四名俊,
澡雪精神赋贤心。

筝乐远游
—— 赠诗苏畅老师

剑河两岸铺碧丝，
秦筝一曲奏春思。
茉莉仙女临英岛，
指尖芬芳散此时。
云诉离殇替游子，
一泯伤怀琴代词。
遥问西域远来客，
何闻如是善歌诗？

  今日有幸见到古筝演奏家苏畅老师，美丽优雅温柔大方，心中有情脑子有书指上有力。听罢五首乐曲，被仙女姐姐本身和她的琴声打动了。故作诗一首，以表崇敬与喜爱之情。诗中藏有苏老师表演的五首乐曲《秦桑曲》《茉莉芬芳》《云裳诉》《西域随想》《如是》

——作于 2015 年 6 月

醉 墨

幸临大师展画轴，
情醉花鸟水墨收。
静观笔落秋莲韵，
只道画意在心头。

寒夜无眠

冬夜街市人影空，
寻得客栈暂停留。
奈何寒风穿窗进，
守灯思寐露倦容。

　　昨有幸观摩国画大家朱大醉之画作，虽对国画知之甚少，也感大师落笔有韵，撒墨传神。与师交谈期间，获益良多。晚来无归车，不愿劳烦友人，遂留宿驿站。无奈窗扉破，寒风夹缝而入，室内无暖炉，只得裹被嗟叹，夜不能寐。

——作于 2016 年 11 月

观落山记

山隐雾里雾笼山,
遥看仙人步云端。
仙人临高观日晟,
不问凡人是悲欢。

恋

恋上凡尘白月光,
岳间蝶舞百花旁。
大风掀起春风意,
翔燕归来绕亭廊。

念

念恋故乡秋满霜,
岳上林枯意苍茫。
大雪飘来冬风至,
翔雁南去未成行。

海上日落

落日似画笔,
渲染了潮汐。
远山随雾尽,
云色也成迷。

阳光为笑容加滤镜，
繁花为春色添诗情。

春风恋雨

若思念能在你的星河里荡起双桨，
我的心何必在这春天的夜里流浪。
若能除去对你的那些回想，
我何必独自一人看一树树的梨花在这美丽的季节盛放。
爱上你后我的脚步就一直朝着远方，
再也回不去没有你的故乡。
如今我仍不敢叩击你的门窗，
怕会制出让人烦扰的轻响。
没有你的日子总是很长。

四 月

春风吹了许久
终于在我的窗前
吹开了四月的春帷

春天的祈祷

春天
风是暖的
雨是暖的
极地的动物们都开始好奇了

春天
孩童笑着
长者笑着
三百度的近视也看得到欢乐

春天
荒草绿了一片
枯枝抽出新芽
大地的子民失而复得了花园

春天
春城依然和煦
椰岛日光灼人
房奴别了暖屋回到舒适北方

春天
少年揭下冷酷面具
少女重获幸福感动

幸福的秘密倏然被季节解开

春天哺育了新的生命
春天创造了诸多欣喜
春天医好了秋冬病痛
春天的任务还差几件

春天啊，能不能拜托你

用春风指引迷路的飞机
把怡人温度里的爱提纯
让叼着喜报的燕子飞进
静候佳音的家人的家门

春 天
——致家父

洛杉矶的春天似乎从未缺席
四季都是暖的
狂风暴雨都像是来客
而我在成年以后
在故乡的每一个春天缺席
只能把手机当作那传信的鸽子
再盼着松花江畔的白鸽
飞到父亲的窗前
替我唱一首思念的歌
告诉他
待我把羽翼刷成金色
会让他看见更美的春天

你在哪里

想摘下一朵春花
让它代替一整个春天来爱你
我找到了花与春天
却没能找到你

等花一如等你

爱情的春天不来
百花不开
未来的你请慢慢走
看够了风景再来找我
路上记得拾一束花
让我的心为你盛放

绿色的荒原,
澄蓝的天,
牛羊穿着衣服的样子很新鲜。
长草淹没大地,
织出金色的油菜花田,
孤单的蒲公英随风倒向一边。
海沿着大漠,
沙丘堆出柔软的山岩,
寻梦的人回归自然离开无线电。
鸭子成排的湖面,
映着白云一朵朵一片片。
那古老的庄园,
把人拽进童话说起了未曾谋面的很久以前。

我爱这夏日夜里粉红色的梦,
也爱夜雨过后晨间暖暖的风。

情续夏歌

我闻那绿野茫茫，草木萦香，
叹光阴逝水，往事凝霜。
我听那城池落雨，惊雷轰响，
念情深已久，星月彷徨。
我见这夏日悠长，雁渡斜阳，
忆你眼波微漾，我泛舟水上。
我怜这暗夜微凉，回忆泛黄，
感斯人远去，心事成荒。
我漫步街巷，思旧日模样，
记相逢一场，恰似流年里我为你写过的诗行。

夏天的风儿那么安静像你的呼吸那般轻。
我耳边流动的声响只有你的低语和琴音奏出的风铃。
阳光织出树影,
青草地上花儿和枯叶一同安睡等待被蝴蝶唤醒。
我沉醉在这风景,
时而想变成森林里会跳舞的精灵。
秋千荡起了我对你的想念心上浮现了你给的梦境。
我对松鼠说,
这世间比草木更芬芳比雾气更迷离的是爱情。

多晴的天空总是很多情，
白云多轻，月亮多清；
轻轻的风抚摸着清清的海面，
每一个日夜都满载风景，
每一个生命都静享着夏日的安宁。
沉醉于光明的人们不用在夜晚期盼天明，
日也澄明，夜也清明；
黄昏的云彩藏匿少女娇羞的面颊，
夜灯托起一池碧波泛着点点的虫萤，
湖底落入了满天的星星。

六月的夏，
我穿起，
公主的彩衣。
彩灯缀满小丛林，
和星星一起寻找，
萤火虫的踪迹。
我一人误入迷烟阵，
视线渐渐不清晰，
我像是不小心坠入了童话里。
烟花仿若被歌声震碎的月亮，
一片一片落进暗夜的云，
天空短暂的美好永恒地被人铭记在心底。
我在舞会上快乐地旋转，
却没在十二点逃离。

夏 至

倏忽而至的炎夏熄灭了一阵风
星星在天上缺席,到地上扮演路灯
晚间清醒的人们沿街走着,谈论一个梦
时间在我的身体里乱了方寸,不知夜已深更

是

是落日的一抹余光
悄悄地落在树上
在炎夏中睡去的叶子
才开始在晚风中飘荡
是黄昏的一缕灯光
悄悄地映在水上
湖面慵懒的鸭子
才开始在波光中游荡
是诗人的一丝眼光
悄悄地掠过广场
广场上绚丽的天色
才成了句句诗行
是相机的一次闪光
记下我年轻的模样
从此我的回忆里
才有了你刻的雕像

复制美好

夏夜的知了不眠
人也难眠
晨光照不进厚重的窗帘
艳阳打不开安了空调的房间
我流连于梦境不想睁眼
直到梦里的故事画上句点
这炎夏的汗水透着一丝甜
裙摆依然能在湿热的风里翩跹
时光忽快忽慢，风景忽近忽远
脚步恣意去寻找往日的记忆
故梦沉了又浮起
托起追梦的人
我与梦想只差一份缘
我并不急着匆匆赶向未来
前进的旅程会给我更好的明天
我把我的爱献给了岛屿的一切
梦不来，我就在此复印美好
年复一年
如果不能把日子过成诗篇
年轻的生命里何来笑颜

夏日清梦

今夏伴我的孤灯
熄了梦
枕上画里的屏风
夜色朦
月光洒透这一城
细雨打湿这屋棚
诗意飘散
我心怦

印了往事的纸张
已尘封
醉了流年的歌声
很倾城
梧桐叶摇于轻风
绿意染了我清梦
填了回忆
伴一生

夏 逝

六月炎夏
古城白壁似象牙
阳光斜打裙上花
当时烈日人难御
盼风盼雨
转眼秋来啦

我在诗里等你

这个夏天没有繁盛的故事
所以秋天也不会有爱的果实
若是能在大雪纷飞的日子遇见你
来年你就会成为我春天里的诗

在秋天看夏天，望穿两个季节，
我迎风飞舞像飘零的夏叶和秋叶。

风临秋杪

回忆变浅，心事断点，
这一年已悄悄流掉了五光十色的夏天。
颜料洒满墙面，花草缀满石岩，
我被美景占领把想你的心丢在了一边。
那描绘了很久的爱恋，
用尽了华美的语言，
终于在这个秋天褪去了鲜艳。
虽不悔那场遇见，
也放弃了再续前缘，
希望你的未来事事如愿。
而今，我终于可以对明天道出一声：从前，再见。

用一个人的旅行去纪念，
二十一岁最后的这一天。
秋叶铺出金黄色的大路，
风里弥漫巧克力的香甜。
我用味觉唤醒早已远去的童年，
心上浮现母亲年轻时的笑脸。
长大以后再回首纯真，
才发现糖果也是种童话的语言。
人活一世越向前越知路远，
岁添一时越许愿越知难圆。
纵寻梦脚下被荆棘铺遍，
我仍要笑看沧海桑田。

我在秋天补过遗失的夏天，
在成年后补偿逝去的童年，
在现实中补完幻想故事里断章的那一篇。
我在风里荡秋千，
看落霞浮动在林间，
看那些花儿一如既往地展露笑颜。
我等待月色浸染天边，
繁星洒满海面，
我想带着心愿在静夜里安眠。
若能在梦里将他遇见，
用音乐替代万语千言，
即便醒后会遗忘那也是美好的情缘。

时间随风飞去带走一季又一季,
我会不会在一样的季节遇见不一样的你。
青叶睡了一地在微冷的雨里渐渐老去,
枯黄的身体里裹着怎样的心情。
我徘徊在原地,
旅行中的灵魂在有你的思绪里兜圈却又回到过去,
我再次梦见美好的你。
我终会踏遍你留下的足迹,
享受秋天的巴黎,
我不会抛下你,
因为遗忘比想念更孤寂。

秋意浓，夜风凉，相聚离别皆感伤。
芳草凄，叶青黄，情思同载入衷肠。
雁南翔，人归乡，一朝离家难返往。
别时短，相思长，往事断叙又何妨。
道暂别，话君决，泪未拂面雨沾裳。
琴音落，曲悠扬，文人抒意饮杜康。
一日不见三秋逝，路人车马计年长。
与君相赠平安语，对君尽将忧思藏。
临别盼重聚，明日待遥望。

秋天的愁绪

秋天的病毒如狂风般肆虐
袭倒成人,袭倒孩童
落叶的歌声唤不醒昏厥的人

秋天的冷酷如古老的锁
锈迹斑斑,几丝裂痕
温暖的钥匙解不开封尘

秋天的沉寂如人形古树
没有拥抱,没有亲吻
闪动的影子是逝者的亡魂

秋天的思念如合起的书卷
雷雨碾碎腰封,晨光翻开扉页
模糊的铅墨忆起故人

啊秋天!金色的眼睛将我穿透
善良的鸟儿驻在病榻
咳嗽,把呼吸献给长空
文弱的微笑在体温之下
烧成一首诗

金色的秋天

童年，那金色的秋天，无关金钱
那时我年轻的父母携我漫步林间
在金黄的叶子里，留了一张照片

年少，那金色的秋天，无关爱恋
书中金黄的叶子，点缀秋的语言
在少女的心中铺出了最美的画面

后来，那金色的秋天，混着愁怨
不如意的爱情总和秋雨有所牵连
仿佛萧条的景色断了恋人的缠绵

如今，这金色的秋天，满载思念
回忆里家人还未老去我还未成年
转瞬间秋风又起，往事都已翻篇

被秋天还给夏天

在这个秋天
没有一片叶子可以托起一份爱恋
于是白云被还给夏天
日头被还给夏天
我也被还给夏天
夏天可以承载比秋天更多的事物
像野花和青草
像桅杆和船帆
像裙摆和长发
像纯白和湛蓝
融化一切不温暖
收容所有不浪漫
为容易受伤的人抵挡一场风雪
也让等爱的人静候一场风月

还未来得及看秋天,便和冬日相见。
我独自一人漂了五年最终回到原点。

雪盖枫林

雪花沉寂了两年又飘在了这岛屿的冬天，
爱过的人也相识了两年却早就不予相见。
曾以为美好的回忆只会停在过去的那一点，
未料这变幻莫测的世界总是打破预言。
有人在意时间却总把时间拖延，
有人期待明天却总对过去留恋。
谁不曾失去勇气等候昨日重现，
可坚持一路向前生活终会有所改变。
幸福和梦想都需沉淀。

冬季的风吹过海岸线，
潮水起伏不尽在金沙畔绵延。
我在港口抛出一份思念，
随风转了几圈却又回到了原点。
不想矫情叙述一周的离别，
可分秒间也会有想要拥抱的心愿。
想在咖啡店里一转角就将你遇见，
在雨花飘扬的午后跟你喝茶聊天。
不敢想未来没有你在身边，
只盼一生和你分享爱的感觉。

我坐在摩天轮上化身时间的秒针，
在高空移动的每一瞬都能发现这世间幸福的温存。
这暖暖的冬天冰雨下得不那么深，
阳光爬上垂死挣扎的叶子让冬日的树林赋有一丝灵魂。
这个季节的雪花还没飘在天地间，
像天空含羞隐藏起对大地的吻。
游乐场里的恋人在夕阳晚照中对视，
目光里铭刻了他们在爱里一同走过的黄昏。

冬令时

白日渐短，黑夜渐长，月光渐透浅纱窗
夏末已尽，秋色将亡，暖春已将被遗忘
走入一季盼一季，这季总比那季长
走过一日念一日，那日总比这日详
怨时遍寻喜乐，喜人何得悲伤
悠时不知所向，人忙渴得暇光
身居家国喂崗乡，他世良
一遭踏进未知路，无返往
心事无从诉，呈纸上
身苦难道尽，独寂凉
多年预言被击解
谶语了然成荒唐
残烛雪中灭
海浪风中上
执着心
永不丧
锵

本想把最后一个字写得霸气点，记得曾经在网上看到一个字，貌似中国笔画最多的汉字，如果我没记错它念 biang，不过手机也打不出来这字，就用"锵"这个算是拟声词的字吧。虽然"锵"字表示金属或玉石撞击的声音，但是声音其实是比文字更美妙更含义复杂的东西。就这样吧。

望星观晓

雨水声渐渐,风声在耳边
车流来去彩虹间
乌云忽飘远,银星坠满天
游人邀梦入山巅
黎明破晓前,四野无人眠
月等晨光雪不言
寒冬池冰浅,石林草木鲜
此行此忆触心尖

在岁末的凌晨植树

嘘
安静
你听啊
谁在唱歌
嗡嗡
叮叮咚
叽叽喳喳
呼呼呼呼呼
不是人
不是动物
不是风中树
不是街上的车
是你幻听
是你孤单了
是你没有伴侣
是你渴望着快乐
一年到头了
没人愿意干活
我们都要回家去
拥抱久违了的亲人
一切都在减速
女青年挽留青春
老人拖着岁月行走
只有孩童向新年奔去
压岁钱等着他们
新奇事物等着他们
你们都别高兴得太早
这世界早晚会给你好瞧
星辰被乌云顶替了
分手的爱人扔下包裹
没有指南针的夜谁在乎
盲人可以用心钟敲响日出
新年的稻谷喂养家猪
人类咀嚼社会流行风俗
凌晨五点的天在暗自泄密
我们该去抢夺钱权爱和阴谋
仍有人迷惘仍有人迷茫
拐杖下架了镜子也已售光
无所事事的人们都来跳舞吧
伴着丝竹管弦像释放被奴役者
岁末的狂风像暴怒的女人
失眠因有人借走了我的灵魂
属于我的请都别走我最爱你们
别把我抛下像成人背叛那场童真
祝大家圣诞快乐！

为你种下一棵满载祝福的树

歌
千万遍
岁岁又年年
笑声点缀这冬天
谁听见
千家和万户
围坐灯火暖炉边
温情与爱点燃这人间
回忆里浮现
旧日狂欢的场面
今日快乐也多了一点
往昔总是让人心牵和挂念
宫睿男
祝亲友
笑开颜

冬日记忆

当我和落雪的冬天再相见
回忆里的那些年又一次浮现
寒风里飘香的糖炒栗子烤地瓜
还有冰糖葫芦和漫天飞舞的雪花
都成为我对这一季年复一年的眷恋

恋 雪

若这一场雪在人间融化
我就要用余下的三个季节想念它
不甘心雪花只在我的心上落下
所以要在这白雪之中迈开起舞的步伐

雪以封尘

雪花在我生命里飘了十七年
然后渐渐淡去,飘远
回忆里大雪封城的那些年
锁住了我对故土永恒的爱恋

人活在逐渐衰老的过程里
渐渐失忆
我想趁着遗忘之前
对所爱的风景,温故而知新

绕过一道道弯
沿着山路找寻久违的寒冷
视野里白茫茫一片,松柏成排
为仙境造出一堵墙围

一阵风吹过,雪块从松梢抖落下去
成片的时光在空中摇曳
我打量着窗外的世界
白瓷碎了一地

风雪夜,不观月
灯下飘着的白雪似纸片
好像被撕碎的情书
我想把它们拼在一起,收藏在心

如果有一天,有人与我相爱
我想跟他去雪山徘徊
用脚印踏出一颗心的样子
告诉他,我曾把我的爱
在这里为你深埋

Melodic love

Scarecrow

You deserted field,
with no one to look after.
I took my dogs here,
but still feel,
it's not enough.
There must be a scarecrow,
if there's not,
I'd love to be.
To protect your land,
and you,
the landlord.
See,
something is growing,
not on your desert,
but inside me.
The rose is blooming.

译文：
稻草人

你这荒芜的田野
无人照料
我因此带来了我的犬只
但仍然觉得
这并不够
必须有一个守望者在此
如若没有，那我愿装作
一个稻草人
保护你的土地，也保护你
看啊
什么东西生长了起来
是一朵玫瑰
虽未绽于你的田地，却盛放我心

You to Me

I'm the wicked witch,
who attracts you.
However, I'm lost,
in your eyes, and your smile.
You're the sunlight,
in my sky.
You're the poem,
I'm the reader,
aside.

译文:
于我而言的你

我是那邪恶的女巫
对你有无边的吸引力
而我却不小心
在你的眼睛和你的笑意里
沉迷
你是我天上的日光
又是诗作
我这读你的人
相伴一旁

Memories of the Time

（此诗为本人中文诗原作的翻译）

The memories,

happened yesterday.

The past days,

far away.

Lives are delicate.

The mirror is destroyed,

under the sunlight,

even the young are destroyed.

Those who refused to get old,

feed spring,

the land of heart.

The winds of a new world,

blow away the old ways,

and also,

blow away,

the fresh air of home.

We're dragged to fly,

fly forward to the modern.

Expect to write a new chapter,

and sometimes,

yearn for the missing wishing lines.

中文原作：
当时回忆

回忆像是昨天
往事却很遥远
生命历程中所有美好的一切最终都献给了时间
日光照残镜面
岁月腐蚀容颜
不愿老去的人们只好在心里种下一个春天
新世纪的风吹走旧时的不便
同时也吹走了那些年家乡空气的新鲜
我们被时代拖着飞速向前
时刻期待着自己的故事展开新的一篇
又常常怀念故人留下的寄言

When I Loved You

When I loved you
I cared about the starshine and moonlight
Like I cared about you
These beautiful things decorated the sky
You decorated my dreams
Night after night

When I loved you
I cared about the sunrise
Like I cared about you
In every glowing day
You glowed in my heart

When you hurt me over and over
My love to you lost its vivid colour
Like a rose's petals fade to darkness
And she dies in the dust
Only the beautiful redness
has been remembered
The beautiful redness is the pain

译文：
当我爱着你

当我爱着你
我在意那星辰月光
正如同我在意着你
那些美丽的存在装点着天空
你在一个又一个夜晚
装点着我的梦

当我爱着你
我在意那黎明
就像我在意着你
在每一个绚丽夺目的日子
你都在我的心里闪烁

当你一次又一次伤害我
我对你的爱失去了它多彩的颜色
像一朵玫瑰花的花瓣褪成暗淡
并葬送在灰烬里
只有那美丽的红色曾被铭记过
那鲜红就是疼痛的颜色

Your Past

When you were in Kindergarten, you drew a picture for your mother, and it's thrown away.

When you were in primary school, you tried your best to make your teacher to like you, but you were never noticed.

When you were in secondary school, you were nice to everybody, but were isolated.

When you were in high school, you helped your friends in a generous way, but you were bullied.

When you were in College, you loved someone deeply, you gave everything you had to your lover, but he broke your heart completely.

And then you started to keep your inner beauty as a secret, you finally started to learn that you should leave some kindness for yourself.

译文：
你的过去

在你幼儿园的时候，你亲手为你的母亲画了一幅画，却被丢弃。
在你小学的时候，你努力讨好你的老师，却不被留意。
在你初中的时候，你热心善待你的同学，却被孤立。
在你高中的时候，你仗义帮助你的朋友，却反被人欺。
在你大学的时候，你深深地爱上了一个人，你为爱人倾尽一切，却只收获了薄情寡义。
然后你不会再轻易为人付出，你开始学会，留一份善意给自己。

Sleeping in the morning

I like going to bed at very late night
and I don't know why
Now I just found the answer
When I close my eyes at 4 am
I can see the colours of dawn
A new day kisses me good night
And when I wake up at midday
I can feel the sunlight gently saying to me
Hi

Hi, I'm still here
Watching you go to bed
and watching you open your eyes
Within 12 hours, I can see every part of you
I see you sad, see you happy, see you tired
And I'll let you know, I'm always with you
I'm the one who deeply loves you
Call me lover, call me daytime

译文：
睡于晨

我入睡的时间总始于很深很深的夜晚
且不知为何
而今我找到了答案
当我在凌晨四点时闭上眼
我可以看见黎明的颜色
新的一天亲吻着我道晚安
当我在午后醒来
温柔的日光便会为我带来轻轻的问候

你好啊，我就在这里
看着你入眠，看着你睁眼
在十二个小时里，我看到了你不同的姿态
我看你感伤，看你快乐，看你疲倦
我会让你知道，我始终在你身边
我才是那个深爱你的人
请唤我为爱人，唤我为白夜

To: My Future Lover

Do you know what I'd like to say when you become my lover? I'll tell you that you're perfect in my eyes. Your tears are the smashed crystals that shines in the dust, and your sadness is the melancholy music played by a world-famous cellist. Your wrinkles are the landmark of your growing age and it marks each step of your life. Your white hair is the silver thread that can be used to create artwork. One day you might not able to stand straight, but your hunchbacked body will be like the old tree with beautiful curves. Everything about you is so valuable. You don't need to hide anything when you're with me. I'm the drift bottle that you can put secret notes in, and I'm also the sea which can fully accept that bottle. I want to see the world with you and see the world in you and give my world to you. I want to walk with you to the end of my life and write a book about our journey. I want to write how the world has changed and my love to you has never changed. I want to deliver my gratitude to your parents as you're the masterpiece that they created. I want to hang you on the wall of my mind, and adore you thousands of times every day. You're the priceless gold and diamond in the treasure box of my heart. My love to you is unlimited but it's also a limited edition. I know it might take such a long time to meet you, but I'll wait.

From: Bolia Gong

予年华真心笑意，
待梦想一往情深。

感谢我的父亲母亲,让我拥有了观摩天地万物的契机和感知人间悲喜的权利。谢谢你们,既给了我完好无损的躯体,又给了我富有温度的心灵。